ESSAI

D'UN

JEUNE HOMME

DE SEIZE ANS.

Y.

ESSAI

D'UN JEUNE HOMME,

OU

DIVERS MORCEAUX CHOISIS

DE POÉSIE FRANÇAISE,

Traduits en vers Latins,

PAR P.-C. HENRI CAILLAU,

Étudiant dans la première classe d'humanités au Lycée de Bordeaux.

His, lector, quæso, juvenilibus
annue cœptis.

A BORDEAUX,

CHEZ LAWALLE JEUNE, IMPRIMEUR - LIBRAIRE,

ALLÉES DE TOURNY, N°. 20.

ANNÉE 1813.

PRÆFATIUNCULA.

—

Non gloriam aucupandi causâ, istud juvenile edo tentamen ; ast ut possim magistris valdè dilectis **D. D.** Bourguignon, Turgot, Monges, Gergerès filio, parentibusque in æternum Colendis hanc opellam, beneficiorum memor, consecrare. Accipiant, quæso, benevolè, hoc studii, summæ observantiæ, nec-non grati animi testimonium. Et utinam monumentum tantummodò delineatum ære perennius foret!

——

LA CHASSE DU CERF.

—

Mais quoi ! du cor bruyant j'entends déjà les sons ;
L'ardent coursier déjà sent tressaillir ses veines,
Bat du pied , mord le frein , sollicite les rênes.
A ces apprêts de guerre , au bruit des combattans ,
Le Cerf frémit , s'étonne et balance long-temps.
Doit-il loin des chasseurs prendre son vol rapide ?
Doit-il leur opposer son audace intrépide ?
De son front menaçant , ou de ses pieds légers ,
A qui se fira-t-il dans ces pressans dangers ?
Il hésite long-temps : la peur enfin l'emporte ;
Il part, il court , il vole : un moment le transporte
Bien loin de la forêt , et des chiens et du cor.
Le coursier libre enfin , s'élance et prend l'essor ;
Sur lui l'ardent Chasseur part comme la tempête ,
Se penche sur ses crins , se suspend sur sa tête :
Il perce les taillis , il rase les sillons ,
Et la terre sous lui roule en noirs tourbillons.

Cependant le Cerf vole , et les chiens sur sa voie
Suivent ces corps légers que le vent leur envoie ;

CERVI VENATUS.

—

Jam resonans cornu clangor perfertur ad aures!
Jam sonipes ardens animosos infremit artus,
Calcat humum, frenum mordet, delassat habenas.
Instantis belli rabie, subitoque tumultu,
Stat trepidans cervus, dubio pendensque, fremensque.
Num celeri fugiet venantes impete silvis?
Virtute an poterit veloces fallere turmas?
Heu! misero quæ fulgebit spes certa salutis,
An pedibus, num fronti, magno instante periclo?
Hæret in ambiguo; tandem tremor occupat artus,
Erumpit, properat: momento promptius uno
Et nemus, et cornu atque canes post terga relinquit.
Sponte ruit quadrupes laxis immissus habenis;
Venator pronus fulgur sicut evolat ardens,
Actus equo capitis sublimi vertice pendens,
Perrumpit saltus, sulcos abradit aratos,
Pulveris et nimbi densas tolluntur in auras.

Deffugit at cervus, vestigia fida molossi,
Quæ zephirus subitò transmittit, ponè sequuntur;

Partout où sont ses pas sur le sable imprimés ,

Ils attachent sur eux leurs naseaux enflammés ;

Alors le Cerf tremblant , de son pied, qui les guide ,

Maudit l'odeur traîtresse et l'empreinte perfide.

Poursuivi, fugitif, entouré d'ennemis ,

Enfin dans son malheur il songe à ses amis.

Jadis de la forêt dominateur superbe ,

S'il rencontre des Cerfs errans en paix sur l'herbe ;

Il vient au milieu d'eux , humiliant son front,

Leur confier sa vie et cacher son affront.

Mais , hélas ! chacun fuit sa présence importune

Et la contagion de sa triste fortune :

Tel un flatteur délaisse un prince infortuné.

Banni par eux, il fuit, il erre abandonné :

Il revoit ces grands bois , si chers à sa mémoire ,

Où cent fois il goûta les plaisirs et la gloire,

Quand les bois , les rochers , les antres d'alentour

Répondaient à ses cris et de guerre et d'amour......

Honneur , empire, amour, tout est perdu pour lui.

C'est envain qu'à ses maux prêtant un noble appui ,

D'un Cerf tout jeune encor la confiante audace

Succède à ses dangers et s'élance à sa place.

Par les chiens vétérans le piège est évanté.

Du son lointain des cors bientôt épouvanté ,

Il part , rase la terre ; ou , vieilli dans la feinte,

De ses pas , en sautant, il interrompt l'empreinte ;

Gressus ubicumque est volitanti impressus arenâ,
Naribus accensis rimatur odora canum vis;
Tunc quem pes ductor fallacem afflavit odorem,
Conviciis onerat cervus signumque relictum.
Hostibus adversis actus fugiensque per arva,
Infelix caros tandem reminiscitur ille.
In silvis olim regali jure superbus,
Cervos si placidè errantes et gramina pastos
Offendat, caput inclinans, se miscet in agmen,
Sollicitam credit vitam, injuriamque recondit;
At quivis refugit duræ contagia sortis!
Vilis adulator sic regis respuit aulam,
Temporibus dubiis. Cervus fugit, errat abactus,
Sese iterum ingentes silvas immittit amicas,
Sæpè ubi conspicuus gestu exultare licebat,
Olim quùm lucos, rupes, spelæa ferarum,
Bella et amores certatim resonare docebat......
Sic amor, imperium, sic transit gloria cervo.
Junior accumbit frustrà, audacterque levamen
Lassato confert vetulo, acceditque periclis.
Insidias catuli veterani nare sagaci
Noscunt. Moxque tubæ sonitu perterritus ipse
Longinquo, volat, et solitos se vertit ad astus,
Incessu vario vestigia turbat anhelus,
Vel latitans trepidè, latebrisque impervius ulli,
Invigilat, pavidisque oculis procul omnia lustrat:

Ou, tremblant et tapi loin des chemins frayés,
Veille et promène au loin ses regards effrayés,
S'éloigne, redescend, croise et confond sa route.
Quelquefois il s'arrête; il regarde, il écoute;
Et des chiens, des chasseurs, de l'écho des forêts
Déjà l'affreux concert le frappe de plus près.
Il part encor, s'épuise encore en ruses vaines.
Mais déjà la terreur court dans toutes ses veines;
Chaque bruit est pour lui l'annonce de son sort,
Chaque arbre un ennemi, chaque ennemi la mort.
Alors, las de traîner sa course vagabonde,
De la terre infidelle il s'élance dans l'onde,
Et change d'élément sans changer de destin.
Avide et réclamant son barbare festin,
Bientôt vole après lui, de sueur dégouttante,
Brûlante de fureur et de soif haletante,
La meute aux cris aigus, aux yeux étincelans;
L'onde à peine suffit à leurs gosiers brûlans :
Mais à leur fier instinct d'autres besoins commandent;
C'est de sang qu'ils ont soif, c'est du sang qu'ils demandent.
Alors désespéré, sans amis, sans secours,
A la fureur enfin sa faiblesse a recours.
Hélas ! pourquoi faut-il qu'en ruses impuissantes
La frayeur ait usé ses forces languissantes ?
Et que n'a-t-il plutôt, écoutant sa valeur,
Par un noble combat illustré son malheur ?

Exit, mentiturque viam non passibus æquis.

Consistens interdum, arrectis auribus adstat,

Jam propiùs vocem silvarum, hominumque canumque,

Sollicitâ capit aure, volutans pectore curas.

Cursat adhuc, refugit malè fortis ad artes;

At jamjam subitus pavor imâ per ossa cucurrit,

Portendunt sortem aura levis, minimusque susurrus,

Quisque hostis, quævis arbor sunt omina mortis.

Denique defessus, silvis hinc inde vagari:

Fallacem linquit terram, se cervus in altum

Flumen agit: non tristia fata, elementa novantur:

Convivium truculentè inhians stragemque reposcens,

Insequitur rapidè multo sudore madescens,

Acta siti et rapidis torquens præcordia flammis,

Turma canum latratu oculisque micantibus ardens,

Unda potest vix fervorem restinguere dirum,

Pectoribus sævis sed sævior imperat æstus,

Fumantem fauces sitiuntque petuntque cruorem.

Tunc heu! spe, auxilio fidisque orbatus amicis,

Imbellis tumidas exardet pronus in iras,

Accensus furiis: fraudes versatus inanes,

Heu! quarè terror vires confecit inertes?

Vel potiùs quidni, generoso pectore præstans,

Dura celebravit claro certamine fata?

Sed tandem mittens vanæ molimina fraudis,

Frondiferam frontem tollit sublimis et armos,

Mais, enfin, las de perdre une inutile adresse,
Terrible, il se ranime, il s'avance, il se dresse,
Soutient seul mille assauts ; son généreux courroux
Réserve aux plus vaillans ses plus terribles coups.
Sur lui seul à la fois tous ses ennemis fondent ;
Leurs morsures, leurs cris, leur rage se confondent.
Il lutte, il frappe encore : efforts infructueux !
Hélas ! que lui servit son port majestueux,
Et sa taille élégante, et ses rameaux superbes,
Et ses pieds qui volaient sur la pointe des herbes ?
Il chancelle, il succombe, et deux ruisseaux de pleurs
De ses assassins même attendrissent les cœurs.

DELILLE. (*L'homme des champs*, Ch. 1er.)

Intrepidè solus numerosis hostibus obstans ;
Nobilibus sœvus furor horrida vulnera servat :
'Adversi catuli cingunt , unàque lacessunt ,
'Ac avidæ dentes , clamor , miscentur et iræ ;
Contendit totis nervis , ferit : omnia vanè !
Eximium et sublime caput quid profuit olli ,
Et corpus formæ insignis ramique superbi ,
'Atque pedum tractus per gramina summa volantûm ?
Est titubans , procumbit humo , lacrymasque profundens
Venantûm mentes sortem miserantur iniquam.

ÉRUPTION DU VÉSUVE.

Le Vésuve en courroux, sous ses monts caverneux,
Recommence à mugir avec un bruit affreux,
Et déchaîne, en poussant une épaisse fumée,
Sur son gouffre tonnant la tempête enflammée.
Elle échappe soudain, et des sommets ouverts,
En colonne de feu s'allonge dans les airs :
Des foudres souterrains, et des roches fondues,
S'élancent de l'abîme et vont rougir les nues.
Le bitume et le souffre, épandus en torrens,
Roulent sur la montagne en sillonnent les flancs,
Et dans les creux vallons se traçant un passage,
Des fleuves infernaux offrent l'horrible image.
L'incendie a gagné les antiques forêts.
Les animaux, fuyant dans les sentiers secrets,
Vingt fois pour s'échapper retournent sur leur trace;
Partout la mort en feu les repousse et les chasse.
On voit, loin du volcan et de leurs toits brûlans,
Errer de toutes parts les pâles habitans;

VESUVII ERUPTIO.

—

VESUVIUS flagrans, exustis concavus antris,
Horrificis rursùm mugitibus aëra complet,
Eructatque, movens perdensa volumina fumi
Flammarumque globos, magnâ cum mole procellam:
Turbine confestim erumpit, culmenque dehiscit,
Igneque fulgentes tractus ad sidera volvit;
Fulmina quæ barathrum revomit, liquefactaque saxa,
Prosiliunt subitò ad nubes, rubeoque colore
Inficiunt: sulphur, fœtenti et odore bitumen,
Ut torrens, torqueri et montem lambere sulcis,
Atque petens imas sinuoso tramite valles
Cernere tunc orci manantia flumina credas.
Jamque per antiquas currunt incendia silvas.
Spectantur pecudes tectos captare recessus;
Sæpè viam relegunt, spes ut sit fida salutis,
Volvit eas mors ignifera, atque revolvit ubique.
Monte procul pavidi tectisque cremantibus altè,
Suffusi pallore coloni hinc indè vagantur.

Et l'époux qui soutient sa moitié défaillante,

Et du vieillard courbé la marche chancelante ;

Et la mère qui croit dérober au trépas

Son fils, unique espoir qu'elle tient dans ses bras.

Inutiles efforts ! Les vagues irritées

Franchissent en grondant leurs rives dévastées :

L'Apennin tremble, ému jusqu'en ses fondemens ;

La terre ouvre en tous lieux des abîmes fumans,

Des plus fermes cités ébranle les murailles,

Et les ensevelit au fond de ses entrailles.

Mr. CASTEL. (*Poëme des plantes*, Chant 3e.).

Et sponsus nuptæ infirmos qui sustinet artus,
Incurvusque senex, cui nutat gressus eundo,
Materque à nato credens avertere lethum,
Unica spes! heu quem teneris amplectitur ulnis!
Haud mora: ferventes fluctus, immane fremendo,
Exsuperant turgentes usque ad sidera ripas:
Intremuit ruptis fornacibus Apenninus;
Fumifer æstus ubique volat, tellusque dehiscit,
Protinus et quatiens solidissima mænia longè,
Visceribus vastis immani absorbet hiatu.

LA PÊCHE.

Sous ces saules touffus, dont le feuillage sombre,
A la fraîcheur de l'eau joint la fraîcheur de l'ombre,
Le Pêcheur patient prend son poste sans bruit,
Tient sa ligne tremblante, et sur l'onde la suit.
Penché, l'œil immobile, il observe avec joie
Le liège qui s'enfonce et le roseau qui ploie.
Quel imprudent, surpris au piège inattendu,
A l'hameçon fatal demeure suspendu ?
Est-ce la Truite agile, ou la Carpe dorée ;
Ou la Perche étalant sa nageoire pourprée ;
Ou l'Anguille argentée, errant en longs anneaux ;
Ou le Brochet glouton qui dépeuple les eaux.

DELILLE.
(*L'homme des champs*, Ch. 1er.)

PISCATIO.

Umbrosas inter salices quæ fronde virescunt,
Frigus ubi lymphæ ac umbrarum frigora captant;
Piscator patiens tacitum se collocat, atque
Hamos dextra tenet tremulos, oculique sequuntur.
In lymphis pronus defixit fronte jocosa;
Et leve submergens suber, vimenque tenellum.
Quis-ne inconsultus laqueis fallacibus actus;
Hamo hæret, nimium illudens, suspensus adunco?
Est-ne agilis Trutta? aut Cyprinus lucidus auro,
Vel Perca ostentans rutilantes murice pinnas?
Aut Anguilla nitens sinuosis orbibus errans;
Lucius aut-ne vorax vaste qui diripit undas?

PORTRAIT DE L'ESPÉRANCE.

Non loin de la demeure où siègent les humains,
Dans un temple élevé par d'invisibles mains,
Repose sur son trône une jeune Déesse,
Source de voluptés, féconde enchanteresse,
Recours de l'infortune, et délice des cœurs ;
Les rêves séduisants la couronnent de fleurs ;
Sa patrie est le Ciel, son nom est l'Espérance !
Elle charme nos maux par sa douce présence,
Variant à son gré ses magiques effets,
Sous d'heureuses couleurs elle peint les objets ;
Du malade et du pauvre embellit la retraite,
De loin, montre une palme au talent du Poëte ;
Au moissonneur ardent, les douceurs du repos,
La victoire aux guerriers, le port aux matelots ;
Et, pour tous les humains, déployant ses richesses,
Est toujours jeune et belle, et fertile en promesses....

J. M. Caillau, (*Épître sur l'Esp.*).

S P E S.

—

Haud procul à terrâ quà complet tempora vitæ
Gens humana , latens oculis est nobile templum :
Ipsa sedet solio Dea , veris flore virescens ,
Blanda voluptatum mater , mœroris asylum ,
Continuò gratâ mulcens dulcedine sensus :
Floribus huic frontem circumdant somnia lætè ;
In cœlis habitat, spemque illam nomine dicunt !
Nostris semper adest ærumnis dulce levamen ,
Mirificè facies sese demonstrat in omnes ,
Ægrotique lares humiles et pauperis ornat ;
Eminùs eximio scriptori præmia digna
Ostendit , placidæ messoribus otia mentis ,
Optatum nautis portum , ducibusque triumphos.
Divitias cunctis tribuens mortalibus amplas ,
Ævi flore vigens , semper nova gaudia spondet.

———

LE RUISSEAU. = *IDILLE*.

Ruisseau, nous paraissons avoir un même sort,
D'un cours précipité nous allons l'un et l'autre,
  Vous à la mer, nous à la mort !
Mais, hélas ! que d'ailleurs je vois peu de rapport
  Entre votre course et la nôtre !
. . . .
. . . .
. . . .

La vieillesse chez vous n'a rien qui fasse horreur;
  Près de la fin de votre course,
  Vous êtes plus fort et plus beau
  Que vous n'êtes à votre source.
Vous retrouvez toujours quelqu'agrément nouveau.
  Si de ces paisibles bocages
La fraîcheur de vos eaux augmente les appas,
  Votre bienfait ne se perd pas;
  Par de délicieux ombrages,
  Ils embellissent vos rivages.
Sur un sable brillant, entre deux prés fleuris,
  Coule votre onde toujours pure;
Mille et mille poissons dans votre sein nourris,
Ne vous attirent point de chagrin, de mépris.
Avec tant de bonheur, d'où vient votre murmure ?
  Hélas ! votre sort est si doux !
  Taisez-vous, ruisseau, c'est à nous
  A nous plaindre de la nature. . . . . . .

Mad. DESHOULIÈRES.

RIVUS. — Idyllium.

Rivule, jactari nos sorte videmur eodem,
    Nam rapidè petimus, tu freta, nosque necem!
Ah! quàm dispariter fugimus! . . . .
. . . .
. . . .
. . . .
. . . . Fœdansque senectus
    Quandò tibi accedit, splendidus usque places!
Confectâque viâ, tu sanè pulchrior exstas,
    Quam cum è sublimi, rivule, fonte cadis.
Deliciis semper plenus, si frigidus ornas
    Hoc nemus, haud vanè; gratior umbra tuas
Condecorat ripas; varió per prata colore
    In nitido sabulo limpidus usque fluis.
Innumeri pisces gratè quos pascis in undâ,
    Non te sollicitant, nec tibi, rive, nocent,
Quid strepis, ô felix, ah, quæso, murmura sistas!
    Nos de sorte decet tristia verba dare.

LA NUIT.

LES ombres, du haut des montagnes,
Se répandent sur les coteaux :
On voit fumer dans les campagnes
Les toits rustiques des hameaux.
Le front tout couronné d'étoiles,
La nuit s'avance lentement ;
Et l'obscurité de ses voiles
Brunit l'azur du firmament.
Les songes traînent en silence,
Son char parsemé de saphirs ;
L'amour dans les airs se balance
Sur l'aîle humide des zéphirs.
O toi ! si long-temps redoutée,
Déesse paisible des airs,
O Lune ! embellis l'univers ;
Et de ta lumière argentée
Blanchis la surface des mers !

BERNIS.

N O X.

—

Vallibus incumbunt altis de montibus umbræ,

Villarum fumant rustica tecta procul.

Nox lentè incedit stellis redimita capillos

Cœruleum obscurant nubila vela polum.

Saphiris ducunt distinctum somnia currum ,

Seque super Zephirum per vaga librat amor.

O Phæbe ! radiis niteas argentea puris ,

Et summa albescant, te radiante, freta!

———

FRAGMENT

Du IVe. chant des Géorgiques françaises.

Peignez en vers légers l'amant léger de Flore,
Qu'un doux ruisseau murmure en vers plus doux encore;
Entend-t-on de la mer les ondes bouillonner,
Le vers comme un torrent en roulant doit tonner;
Qu'Ajax soulève un roc et le lance avec peine,
Chaque syllabe est lourde, et chaque mot se traîne;
Mais vois d'un pas léger Camille effleurer l'eau,
Le vers vole et la suit, aussi prompt que l'oiseau. . . .

DELILLE.

EX GEORGICON GALLICORUM,

Libro quarto.

—

DEPINGAT leviter Floræ leve carmen amantem ;
Arridente magis versu levis unda susurret :
Exaudis-ne maris resonantes murmure fluctus ?
Ut torrens carmen debet , volvendo , tonare ;
Attollat saxum , et magnis conatibus Ajax
Ægrè dimittat , tum syllaba quæque trahatur ;
Ast summam videas undam libare Camillen ,
Carmina sic volitant celeri pede promptiùs euro.

FRAGMENT

DU POÈME DE LA RELIGION.

Et toi dont le courroux veut engloutir la terre ,
Mer terrible ! en ton lit , quelle main te resserre?
Pour forcer ta prison tu fais de vains efforts ,
La rage de tes flots expire sur tes bords ;
Fais sentir ta vengeance à ceux dont l'avarice ,
Sur ton perfide sein va chercher son supplice.
Hélas ! près de mourir t'adressent-ils leurs vœux !
Ils regardent le ciel secours des malheureux .
La nature qui parle en ce péril extrême ,
Leur fait lever les mains vers l'asyle suprême.
Hommage que toujours rend un cœur effrayé
Au Dieu que jusqu'alors il avait oublié!.....

RACINE le fils.

EX POEMATE

Relligionis excerptum.

Et tu quùm fervens terram moliris hiatu
Absorbere, mare iratum, quæ vincla coercent?
Frangere necquidquam magno luctamine tentas,
Intermissi iras cohibent in littore fluctus.
Qui fatùm certè miserabile quærit avarus,
Per dubium pelagus, vindictam sentiat ille.
Heu! votis precibusque vocans, moriturus in alto,
Suspectat coelum, curæ casùsque levamen.
Quæ tunc intùs agit summo natura periclo,
Ut tendat supplex palmas ad sidera fatur.
Cultus quem præstant actæ formidine mentes,
Ut numen flectent omninò pectore lapsum!

FRAGMENT D'HOMÈRE.

Aussitôt la discorde, et la peur qui la suit ,
Au milieu des guerriers fondent avec grand bruit.
Pallas jette deux cris pour signal du carnage,
L'un aux retranchemens, l'autre sur le rivage.
Mars répond à sa voix ; tel qu'un noir tourbillon ,
Il tonne sur le Xanthe et les tours d'Ilion.
Jupiter dans les cieux fait gronder son tonnerre ;
Neptune frappe, agite et fait trembler la terre ,
La terre, et ses vallons , et ses hautes forêts,
Les fondemens d'Ida , ses sourcilleux sommets,
Les navires des Grecs, et la ville ennemie.
Pluton sort de son trône , il pâlit, il s'écrie :
Il a peur que le Dieu, dans cet affreux séjour,
D'un coup de son trident ne fasse entrer le jour,
Et par le centre ouvert de la terre ébranlée ,
Ne fasse voir du Styx la rive désolée ,
Ne decouvre aux vivans cet empire odieux ;
Abhorré des mortels, et craint même des Dieux.

BOILEAU.

EX HOMERO.

—

Irruit ingenti strepitu comitata pavore ,
In medias acies discordia fæta veneno ;
Et gemino clamore canit trux funera Pallas ,
Unus valla ferit , littus propulsat et alter ;
Assonat huic Mavors: ac atri turbinis instar
Fatalem Xanthum et Trojanas fulminat arces.
Juppiter ipse tonans nutu tremefecit Olympum ;
Cuspide Neptunus sævo quassatque movetque
Tellurem , aërios saltus , vallesque profundas ,
Et danaûm puppes , infensaquè mænia trojæ.
Fortiter Ida tremit concussus sedibus imis.
Exilit è solio , totoque expallet in ore
Rex Erebi , veritus ne regia cæca profundi
Fortè tridente diem immittat , terrâque patente
Desertam Stygis attonitus mortalibus oram
Ostendat , retegatque oculis inamabile littus
Humano generi invisum , superisque pavendum.

LES PLAISIRS DU RIVAGE.

Assis sur la rive des mers,
Quand je sens l'amoureux Zephire
Agiter doucement les airs,
Et souffler sur l'humide empire,
Je suis des yeux les voyageurs ;
A leur destin je porte envie :
Le souvenir de ma Patrie
S'éveille, et fait couler mes pleurs.
Je tressaille au bruit de la rame
Qui fend l'écume des flots ;
J'entends retentir dans mon ame
Les cris joyeux des matelots.
Un secret désir me tourmente
De m'arracher à ces beau lieux,
Et d'aller sous de nouveaux cieux
Porter ma fortune inconstante.
Mais quand le terrible aquilon
Gronde sur l'onde bondissante,
Que dans le liquide sillon
Roule la foudre étincellante :
Alors je reporte mes yeux
Sur les forêts, sur le rivage,
Sur les vallons délicieux
Qui sont à l'abri de l'orage ;
Et je m'écrie : heureux le sage
Qui rêve au fond de ces berceaux,
Et qui n'entend sous leur feuillage
Que le murmure des ruisseaux !   (LEONARD).

LITTORIS DELICIÆ.

Forte sedens ad littus, cùm liquidum aëra mulcens
    Jucundo Zephirus flamine lambit aquas ,
Vectores oculus sequitur defixus in undis ,
    Atque memor patriæ , fletibus ora rigo.
Gaudeo , dum remis stridentibus æquora verrunt ,
    Per mea nautarum jubila corda sonant.
His tacitè lætis avelli sedibus opto ,
    Et nova fortunam per loca ferre levem.
Ast rabidus Boreas fluctus ad sidera tollens
    Cum furit , et sulcat missile fulmen aquas,
Tunc oculos refero in silvas , in littora tuta
    Quæ jactare unquam nulla procella potest.
O felix ! exclamo qui meditatur in umbrâ ,
    Ac audit rivi murmura rauca vagi !

MERVEILLES DE LA CRÉATION.

Les cieux instruisent la terre
A révérer leur auteur.
Tout ce que leur globe enserre
Célèbre un Dieu créateur.
Quel plus sublime cantique
Que ce concert magnifique
De tous les célestes corps !
Quelle grandeur infinie,
Quelle divine harmonie
Résultent de leurs accords !

De sa puissance immortelle,
Tout parle, tout nous instruit ;
Le jour au jour la révèle,
La nuit l'annonce à la nuit.
Ce grand et superbe ouvrage
N'est point pour l'homme un langage
Obscur et mystérieux :
Son admirable structure,
Est la voix de la nature
Qui se fait entendre aux yeux.

CREATIONIS MIRACULA.

PANDITUR in cœlis æterni gloria. regis,

Illius, quidquid capiunt, enarrat honores.

Sidera quàm doctè resonant fulgentia cœlo !

Quàm blandum et cæleste melos concentibus exit !

Omnipotentem illum monstrant ac omnia dicunt,

Lux luci retegit, nocti nox explicat atra.

Mysticus is sermo non est, nitidèque patescit,

Hîc vox naturæ se oculis expandit apertè.

Dans une éclatante voûte,
Il a placé de ses mains
Le Soleil qui dans sa route
Éclaire tous les humains.
Environné de lumière,
Cet astre ouvre sa carrière,
Comme un époux glorieux,
Qui, dès l'aube matinale,
De sa couche nuptiale,
Sort brillant et radieux.

L'univers à sa présence,
Semble sortir du néant.
Il prend sa course, il s'avance,
Comme un superbe géant.
Bientôt sa marche féconde
Embrasse le tour du monde;
Dans le cercle qu'il décrit,
Et par sa chaleur puissante,
La nature languissante
Se ranime et se nourrit......

J.-B. ROUSSEAU. (*Od. sacr.*)

In camerâ solem suspendit dextra micante,

Solem qui cursu perlustrat lampade terras.

Progreditur sidus radianti luce coruscans,

Ut sponsus thalamum, cœlo albescente, relinquit.

Cùm nitet, ex nihilo tellus exire videtur,

Ut gigas, audacter cœlo procedit aperto.,

Circuitu totum fæcundè amplectitur orbem,

Naturam et vivido refovet, nutritque calore......

A PHILOMELE.

Pourquoi plaintive Philomèle,
Songer encore à vos malheurs ,
Quand , pour appaiser vos douleurs ,
Tout cherche à vous marquer son zèle ?
L'univers à votre retour ,
Semble renaître pour vous plaire ,
Les Driades à votre amour
Prêtent leur ombre solitaire.
Loin de vous l'aquilon fougueux
Souffle sa piquante froidure ;
La terre reprend sa verdure ,
Le ciel brille de plus beaux feux.
Pour vous, l'amante de Céphale
Enrichit Flore de ses pleurs ;
Le Zéphir cueille sur les fleurs
Les parfums que la terre exhale.
Pour entendre vos doux accents ,
Les oiseaux cessent leur ramage ,
Et le chasseur le plus sauvage
Respecte vos jours innocens.

AD PHILOMELAM.

Cur tristis luges semper Philomela dolores,

Quandò, ut mitescant, omnia corda tibi?

Rideat ut reduci dimittit terra soporem;

Silvarumque tuis æstibus umbra favet;

Te procul avertit Boreas vim frigoris acrem;

Rursùs prata virent, ignibus astra micant.

Fletibus auroræ roseis tibi Flora nitescit,

Et Zephirus rorem floribus ipse legit.

Ora tenent volucres dum fundis gutture voces,

Venatorque ferus non tibi tela vibrat.

Cependant votre ame attendrie ;
Par un douloureux souvenir
Des malheurs d'une sœur chérie ;
Semble toujours s'entretenir.
Ah ! que mes tristes pensées
Offrent des maux biens plus cuisans :
Vous pleurez des peines passées,
Je pleure des ennuis présens ;
Et quand la nature attentive
Cherche à calmer vos déplaisirs,
Il faut même que je me prive
De la douceur de mes soupirs !

Attamen in silvis duri inclementia fati

Exilium prognes usque reducit atrox.

Ah ! quàm majores curas sub pectore verso !

Quæ sunt fata fleo , quæque fuêre doles.

Cùm studiosa tuos lenit natura dolores ,

Questibus haud possum corda movere meis !

———

INDUSTRIE DES OISEAUX.

O toi qui follement fais ton Dieu du hasard,
Viens me développer ce nid qu'avec tant d'art,
Au même ordre toujours, architecte fidelle,
A l'aide de son bec maçonne l'Hirondelle.
Comment, pour élever ce hardi monument,
A-t-elle en le broyant arrondi son ciment ?
Et pourquoi ces oiseaux, si remplis de prudence,
Ont-ils de leurs enfans su prévoir la naissance ?
Que de berceaux pour eux aux arbres suspendus !
Sur le plus doux coton que de lits étendus !
Le père vole au loin, cherchant dans la campagne
Des vivres qu'il rapporte à sa tendre compagne ;
Et la tranquille mère, attendant son secours,
Echauffe dans son sein le fruit de leurs amours.
Des ennemis souvent ils repoussent la rage,
Et dans de faibles corps s'allume un grand courage.
Si chèrement aimés, leurs nourrissons un jour,
Aux fils qui naîtront d'eux rendront le même amour.
Quand des nouveaux Zéphirs l'haleine fortunée
Allumera pour eux les flambeaux d'hyménée,

AVIUM INDUSTRII MORES.

T u qui vesanè, quæ fiunt omnia, ponis
In sorte, hunc nidum quem tam solerter Hirundo
Construit, usque modo constans, rostroque juvante,
Pande, precor, nidi ut sublimia mænia surgant,
Quâ ratione terens cæmentum, volvit in orbem,
Et cur hæc volucres solerti mente potentes
Ortum pullorum cauti vidêre futurum?
Frondosis quot eis cunabula pendula ramis !
Quot thalami tenerâ circum lanugine tecti !
Perquirensque cibos sociæ quos anxius affert
Sollicitè genitor longè petit arva volatu.
Tunc blandè mater nidum fœtusque tenellos
Casta fovet gremio, exspectatque levamen amicum.
Sæpè hostis rabiem rostris ac unguibus arcent,
Ingentesque animos angusto in pectore versant.
Progeniem caram spem solamenque parentum
Æquali studio quondam amplectentur alumni.
Vere novo quùm, demulcentibus arva favonis,
His avibus gratè lucebit tæda jugalis,
Civibus ecce novis implebunt aera : fidè

Fidellement unis par leurs tendres liens,
Ils rempliront les airs de nouveaux citoyens :
Innombrable famille, où bientôt tant de frères
Ne reconnaîtront plus leurs ayeux ni leurs pères.
Ceux qui de nos hivers redoutant le courroux,
Vont se réfugier dans des climats plus doux,
Ne laisseront jamais la saison rigoureuse
Surprendre parmi nous leur troupe paresseuse.
Dans un sage conseil, par les chefs assemblé,
Du départ général le grand jour est réglé ;
Il arrive, tout part : le plus jeune peut-être
Demande en regardant les lieux qui l'ont vu naître ;
Quand viendra ce printemps par qui tant d'exilés,
Dans les champs paternels se verront rappelés ?

RACINE le fils. (*Poëme de la Rélig.*).

Quos sincerus amor sociali fœdere junxit.

Proh genus innumerum! Mox fratres gloria matris

Immemores non agnoscent atavosque patresque.

Frigida qui sævæ metuentes tempora brumæ

Confugiunt cautè cœli melioris ad auras,

Semper turma sagax, hyemes cùm fudit ab antris

Hippotades, nidos patrios post terga relinquent:

Consilium extemplò sapientes cogere duces;

Solennisque dies discessûs fixa cuique:

Illucet, fugiunt: minimus fortassè catervœ

Inquirit, spectans sedem quâ lumen inivit

Vitæ: quando renidebunt nova tempora veris

Quæ profugis iterum paterna cubilia reddent?

ÉPILOGUE.

—

Bornons ici notre carrière,

Les longs ouvrages me font peur :

Loin d'épuiser une matière,

Il n'en faut prendre que la fleur.

LAFONTAINE.

FIN.

ÉPILOGUS LIBERIUS EXPLANATUS.

Est modus in rebus (1) : nostro sit meta labori,

Formido longos, longâque ambage morari : (2)

Materiem. nedùm liceat decerpere totam.,

Tangere summa velis leviter fastigia rerum. (3).

---

(1) *Horat.*
(2) *Ovid.*
(3) *Virg.*

TABLE.

—

FIN.

www.ingramcontent.com/pod-product-compliance
Lightning Source LLC
Chambersburg PA
CBHW061710180626
46818CB00003B/1336